最新家装设计

背景墙2000例

2000

例

电视背景墙

化学工业出版社

·北京·

编写人员名单（排名不分先后）

许海峰　王凤波　张　淼　王红强　谢蒙蒙　董亚梅　任志军
张志红　周琪光　任俊秀　张凤霞　王乙明　胡继红　黄俊杰
袁　杰　李　涛　卢立杰　田广宇　童中友　张国柱　张　丽

图书在版编目（CIP）数据

最新家装设计背景墙2000例. 电视背景墙 ／ 《最新
家装设计背景墙2000例》编写组编. —北京 ：化学工业
出版社，2011.11
ISBN 978-7-122-12402-9

Ⅰ．最… Ⅱ．最… Ⅲ．住宅－装饰墙－室内装
饰设计－图集 Ⅳ．TU241-64

中国版本图书馆CIP数据核字(2011)第196055号

责任编辑：邹　宁　　　　　　　　装帧设计：锐扬图书 RIYO
QQ407814337

出版发行：化学工业出版社(北京市东城区青年湖南街13号　邮政编码100011)
印　　装：北京画中画印刷有限公司
880mm×1230mm　1/16　印张 5½　2012年 1 月北京第 1 版第 1 次印刷

购书咨询：010-64518888 (传真：010-64519686)　　售后服务：010-64518899
网　　址：http://www.cip.com.cn
凡购买本书，如有缺损质量问题，本社销售中心负责调换。

定　　价：29.80元　　　　　　　　　　　　　　　版权所有　违者必究

Contents 目录

Contents 目录

成品实木立柱　　　壁纸

壁纸

Tips 贴士

电视墙设计的原则

1. 电视墙的设计不能凌乱复杂，以简洁明快为好——墙面是人们视线经常注意的地方，是进门后视线的焦点，就像一个人的脸一样，略施粉黛，便可令人耳目一新。现在的主题墙越来越简单，以风格简约为时尚。

2. 色彩运用要合理。从色彩的心理作用来分析，色彩的作用可以使房间看起来变大或缩小，给人以"凸出"或"凹进"的印象，可以使房间变得活跃，也可以使房间感觉宁静。

3. 不能为做电视墙而做电视墙，电视墙的设计要注意整体效果，需要和其他陈设配合与映衬，还要考虑其位置的安排及灯光效果。

木质搁板　　　仿木纹壁纸

壁纸　　　石膏板拓缝

实木立柱混漆　　　密度板拓缝

壁纸　　　黑烤漆玻璃

文化砖贴面　　　　石膏板背景

实木立柱混漆　　　　壁纸

石膏板背景　　　　彩色乳胶漆

壁纸

壁纸　　　　罗马柱

石膏板背景　　壁纸

石膏板背景　　彩色乳胶漆

木质搁板　　　　壁纸

中空玻璃　　　　　　　　　　　　　壁纸

木质搁板　　　壁纸

艺术墙贴　彩色乳胶漆

石膏板背景　　　黑烤漆玻璃

壁纸　　　　　　　实木造型混漆

密度板拓缝　　　壁纸

电视墙设计应该注意的问题

服务于设计风格，又突出强化设计风格，这是背景墙的作用。电视背景墙的装饰材料很多，有用木质的、用天然石的，也有用人造文化石及布料的。对于电视背景墙而言，采用什么材料并不是很重要的事情，最重要的是考虑这部分造型的美观及对整个空间的影响。客厅电视背景墙作为整个居室的一部分，自然会抓住大部分人的视线，但是，绝对不能单纯地为了突出个性，让墙面与整体空间产生强烈的冲突。背景墙应与其周围的风格融为一体，运用细节化、个性化的处理让背景墙融入整体空间的设计。电视墙如果具有中心倾向的，那么应考虑与电视机的中心相呼应；电视墙如果具有左右倾向的，那么应考虑沙发背面墙是否有必要做类似元素的造型进行呼应。

木质搁板　　　艺术墙贴

实木线条密排　　　干挂大理石

柚木饰面板　　　皮革软包

壁纸　　　装饰镜面

干挂大理石

装饰镜面　　　　壁纸　　　　　茶色玻璃　　　石膏板背景

布艺软包　　　　艺术玻璃　　　　装饰镜面　　　柚木饰面板

壁纸　　　　石膏板背景　　　　　　　　　　　壁纸

彩色乳胶漆　　　　　　　　　　　　壁纸　　　　装饰画

装饰画　　　釉面砖贴面

鹅卵石　　　石膏角线

装饰镜面　　　壁纸

烤漆玻璃　　　干挂大理石

柚木饰面板

装饰画　　　　　　壁纸

磨砂玻璃　　　胡桃木饰面

彩色乳胶漆　　　茶色玻璃

木质搁板　　　　　　　　壁纸

贴士 Tips

电视墙对环境的要求标准

　　保持周围环境的干爽对于延长电视的使用寿命是至关重要的。因为平板电视很多都不带防水保护，散热栅格内的电路板会直接与外界空气接触。当周围湿度超过 80%，电视就有可能出现异常情况。长期湿度过大，有可能给电视机造成致命硬伤。另外，也不要将电视安装在靠近热源的地方，并且要预留足够的散热空间，将过多的植物摆放在电视墙附近也是不当的做法。功率大于100W 的平板电视，左右侧面距离安装面的间距不得少于 10 厘米，以保持空气流通，通风散热。

石膏板背景　　　　　　壁纸

艺术玻璃　　　　　密度板拓缝

密度板拓缝　　　　　　反光灯带

石膏板拓缝　　　　　　壁纸

壁纸　　　　　　密度板拓缝

装饰镜面　　　　　　　　柚木饰面板

石膏板拓缝　　　　　壁纸

装饰镜面　直纹斑马木饰面

干挂大理石　　装饰镜面

彩色乳胶漆　　　石膏板拓缝

彩色乳胶漆　　石膏板造型背景

木质格栅

壁纸　　　　　　磨砂玻璃

彩色乳胶漆　　红樱桃木饰面

彩色乳胶漆　　　　成品铁艺

壁纸　　　　原木饰面板

石膏板背景

装饰画　　　　石膏板背景

壁纸　　　　茶色玻璃

大理石贴面　　　压白钢条

石膏板造型　　　　壁纸

壁纸　　　　装饰镜面

石膏板拓缝　　　　壁纸

壁纸　　　　艺术玻璃

壁纸　　　　直纹斑马木饰面

直纹斑马木饰面   装饰画   壁纸

壁纸   密度板混漆

彩色乳胶漆   艺术玻璃

壁纸   白色乳胶漆

艺术墙贴   白色乳胶漆

彩色乳胶漆　　　　　　胡桃木饰面

彩色乳胶漆　　　　石膏板背景

艺术玻璃　　　　石膏板拓缝

彩色乳胶漆　　　　干挂大理石

石膏板拓缝　　　　壁纸

壁纸

壁纸

确定客厅电视墙的合理面积

　　客厅电视墙作为作为视觉的焦点，在设计时须注意其面积大小要与整个客厅空间相协调，要考虑在客厅不同角度的视觉效果，不能过大或过小。

　　如果客厅面积较大，电视墙面也很宽，在设计的时候可以适当对该墙体进行一些几何分割，在平整的墙面上塑造出立体的空间层次。这些层次起到点缀、衬托的作用，也可以区分墙面的不同功能。

　　如果客厅面积较小，电视墙面也很狭窄，在设计的时候就应该运用简洁、突出重点、增加空间进深的设计方法，比如选择深远的色彩，选择统一甚至单一的材质，以起到在视觉上调整并完善空间效果的作用。

反光灯带　　　彩色乳胶漆

石膏板拓缝

木质窗棂造型　　　干挂大理石

彩色乳胶漆

壁纸　　　　　木质格栅

白色乳胶漆

艺术玻璃

茶色玻璃　　　　石膏板背景

壁纸

壁纸　　　　　黑色玻璃

干挂大理石　　　艺术墙贴

石膏板背景　　　彩色乳胶漆

密度板拓缝　　　　　　　　　　　艺术墙贴

彩色乳胶漆　　　　石膏板背景

桦木饰面板

木质搁板　　　　　　壁纸

艺术玻璃

彩色乳胶漆   柚木饰面板   白色乳胶漆   干挂大理石

壁纸   白色乳胶漆   反光灯带   柚木饰面板

壁纸   密度板拓缝   茶色玻璃   反光灯带

彩色乳胶漆   壁纸

干挂大理石　　　　黑烤漆玻璃

彩色乳胶漆　　　　艺术墙贴

铂金壁纸　　　　艺术玻璃

石膏板拼贴　　　　壁纸

马赛克贴面　　　　石膏板背景

壁纸

彩色乳胶漆　　　　　　　　　创意搁板

茶色玻璃

密度板拓缝　　　　彩色乳胶漆

彩色乳胶漆　　　　艺术墙贴

成品装饰立柱　　　　壁纸

客厅电视墙的照明设计

客厅电视墙的照明设计，多用主要饰面局部照明的方法，应注意与该区域的顶面灯光相协调，灯罩尤其是灯泡应尽量隐蔽。背景墙的灯光对亮度要求不高，且应避免光线直射电视、音箱和人的脸部。收看电视时，应有柔和的反射光作为基本的照明。

白色乳胶漆

柚木饰面板　　　　艺术玻璃

装饰画　　　　木质搁板

壁纸　　　　艺术玻璃

干挂大理石　　　　白色乳胶漆

直纹斑马木饰面　　　　　　　　　　　　　实木线条密排

壁纸　　　　　　　　木质搁板

壁纸　　　　　　　装饰镜面

干挂大理石　　　　　　装饰浮雕

石膏板背景　　　　　　壁纸

艺术玻璃　　　红樱桃木饰面

白色乳胶漆　　　实木立柱

胡桃木饰面　　　木质窗棂造型

白色乳胶漆

柚木饰面板　　　木质搁板　　　壁纸

壁纸　　　　　　　　　　　　　　　石膏板背景

黑烤漆玻璃　　　彩色乳胶漆

艺术玻璃　　　　干挂大理石

壁纸　　　　　　艺术墙贴

木质隔板　　　聚酯玻璃

石膏板背景　　　　　　　　艺术玻璃　　　　　　　　壁纸

胡桃木饰面　　　　　　壁纸　　　　　　　　　　钢化玻璃　　彩色乳胶漆

木质搁板　　　　　　　　　　实木立柱

实木造型混漆　　　　　壁纸　　　　　直纹斑马木饰面

密度板拓缝　　　　　壁纸

壁纸

洞石

壁纸　　　　干挂大理石

壁纸　　　　　　反光灯槽

密度板拓缝　　　　壁纸　　　石膏板背景

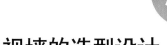

客厅电视墙的造型设计

　　客厅电视墙的造型分为对称式、非对称式、复杂式和简洁式等几种。对称式给人规律、整齐的感觉，非对称式比较灵活，个性化很强；复杂式和简洁式都需要根据具体风格来定，与整体风格相融洽者为最佳。客厅电视墙的造型设计，需要点、线、面相结合，与整个环境的风格和色彩一致，在满足使用功能的同时，也要做到反映装修风格、烘托环境氛围。客厅电视墙一般都是客厅的中心，太平整会使空间的视觉层次减少，令空间显得单调。从功能上来说，平面易使声音传递成倍数级，产生回声共振，不利于音响的混响，只有立体或浮雕的面，才能同影院和音乐厅一样，使声波发生漫反射，产生完美的混响声场，使听者有临场感。电视和迷你音响作为点声源，更是如此。

石膏板背景　　　　　　　　　壁纸

艺术玻璃　　　　　　　　壁纸

反光灯带　　　　　彩色乳胶漆

壁纸　　　　　　樱桃木饰面

干挂大理石　　　　　　装饰镜面

壁纸　　　　柚木饰面板

石膏板背景　　　黑烤漆玻璃

黑烤漆玻璃　柚木饰面板

柚木饰面板

木质窗棂造型　　　　　壁纸　　　　　　　壁纸　　　　　　　艺术玻璃

壁纸　　　　石膏板背景　　压白钢条　　　　　木质搁板　　　　壁纸

磨砂玻璃　　　干挂大理石　　　　　装饰镜面　　　　壁纸

创意搁板　　　　　彩色乳胶漆

装饰镜面　　　干挂大理石

彩色乳胶漆　　　　　　　　石膏板背景　　　　　　　　壁纸

石膏板拼贴　　　装饰镜面

壁纸

艺术墙贴

壁纸　　　　石膏板背景

黑烤漆玻璃　　　　　壁纸

直纹斑马木饰面　　　　艺术墙贴

Tips 贴士

客厅电视墙的色彩设计

　　不同的色彩所创造的空间性格形象是不同的，例如，黑白灰色系能表达静谧、严谨的气氛，也表达出简洁、明快、现代和高科技的风格；浅黄色、浅棕色等明亮度高的色系，可以表达清新自然的气息，艳丽丰富的色彩则可以表达热烈、激情的氛围。因此，客厅电视墙的色彩设计一定要首先考虑视觉感受。

　　此外，电视墙的色彩选择还应考虑室内光线、层高、材质和风格。色彩只有与材质的固有色对应和谐，才能装饰出理想的效果。

彩色乳胶漆　　　　　装饰画

桦木饰面板　　　　　壁纸

壁纸　　　　　洞石

壁纸　　　　　装饰镜面

石膏板背景　　　　　　　马赛克贴面

装饰画

桦木饰面板

桦木饰面板　　　　　　木质窗棂造型

干挂大理石　　　　　　壁纸

石膏板拓缝　　　　　茶色玻璃

木质搁板　　　　　石膏板背景

装饰镜面　　　壁纸

密度板拓缝　　　　木质装饰立柱

壁纸　　　　木质窗棂造型

彩色乳胶漆　　　　石膏板拼贴

实木立柱

石膏板背景

壁纸　　　　彩色乳胶漆　　　　石膏板背景

白色乳胶漆　　　　　　彩色乳胶漆

壁纸　　　　石膏装饰立柱

艺术玻璃　　　　木质格栅

干挂大理石　　　　　装饰镜面

通过电视墙改变客厅的视觉进深

　　客厅电视墙一般距离沙发3米左右，这样的距离最适合人眼观看电视，进深过大或过小都会造成人的视觉疲劳。如果电视墙的进深大于3米，那么在设计上宽度要尽量大于深度，墙面装饰也应该丰富，可以给电视墙贴上壁纸、装饰壁画或者给电视墙刷上不同颜色的油漆，在此基础上再加上一些小的装饰画框，这样在视觉上就不会感觉空旷。如果客厅较窄，电视墙到沙发的距离不足3米，则可以设计成错落有致的造型进行弥补。例如，可以在墙上安装一些突出的装饰物，或者安装装饰隔板或书架，以弱化电视的厚度，使整个客厅有层次感和立体感，空间的延伸效果就出来了。

石膏板拓缝　　　　　艺术墙贴

壁纸

电视墙的多种材质组合设计

　　两种材质交替运用：可以将墙面划分成多个区域，使用两种材料交替进行装饰。

　　上下采用两种材质：墙面的上方和下方各采用一种材质，为了突出效果，可采用对比较强烈的材质。

　　上中下采用不同材质：墙面的上方和下方采用同一种材质，中间使用另外一种，起到突出墙面视觉中心的作用。

　　纵向采用两种材质：两种墙面材料纵向铺贴，这样可以更加突出中心墙面。

　　两种材质叠加：两种不同的材质叠加在一起，这样的手法要注意外面一层材料需要具有一定的透明度。

装饰浮雕

壁纸　　　　木质搁板

装饰镜面　　　　石膏装饰立柱

壁纸　　　　白色乳胶漆

石膏板拓缝　　　　红色烤漆玻璃

壁纸　　　　黑烤漆玻璃

彩色乳胶漆 　　　　木质搁板

石膏板拓缝 　　　　白色乳胶漆

壁纸

艺术墙贴 　　　红樱桃木饰面

壁纸 　　　　　艺术玻璃

茶色玻璃 　　　　　壁纸

壁纸 　　　　　装饰镜面

艺术墙贴 　　　　　壁纸

压白钢条　　　　　艺术玻璃

装饰镜面　　　　壁纸　　　　　壁纸

红砖饰面　　　　　　　　石膏板拓缝

石膏板拼贴

艺术墙贴　　　　彩色乳胶漆

壁纸　　　　石膏板背景　　　　　　　　　　　　　　　　实木造型混漆

壁纸　　　　　　　　　　　　　　　　实木造型混漆　　艺术墙贴

实木线条密排　　　　反光灯带　　　　　　　　　　　　　　　　壁纸

木质搁板　　　　彩色乳胶漆　　　　　　　　　　　壁纸　　　　实木装饰立柱

实木造型混漆　　　　　干挂大理石

壁纸　　　　茶色玻璃

艺术玻璃　　　　石膏板背景

装饰画　　　　彩色乳胶漆

壁纸　　　　石膏板拓缝

石膏板拓缝

小户型客厅电视墙的设计

　　小户型客厅的面积有限，因此电视墙的体积不宜过大，颜色以深浅适宜的略灰色为宜。在选材上，不适合使用那些太过毛糙或厚重的石材类材料，以免带来压抑感，可以利用镜子装饰局部，带来扩大视野的效果。但要注意镜子不宜过大，否则容易使人眼花缭乱。另外，壁纸类材料往往可以带给小户型空间温馨多变的视觉效果，深得人们的喜爱。

壁纸　　　　　　石膏板背景

壁纸　　　　　　　　木质窗棂造型　　　　　　密度板混漆

艺术玻璃　　　　　　　　壁纸　　　　　　　　　　彩色乳胶漆　　　　　　　　木质搁板

石膏板拓缝　　　　　　　　　　　　　　　　　　　彩色乳胶漆

石膏板背景　　　　　　　　壁纸

柚木饰面板

壁纸　　　　石膏线条装饰

石膏板背景　　　　壁纸

实木造型隔断

壁纸　　　　白色乳胶漆

文化砖拼贴　　　　　　　壁纸　　　　　　石膏板背景

艺术墙贴　　　　　　　　　　　　　　　　黑烤漆玻璃

石膏板拓缝　　　　彩色乳胶漆　　　　黑烤漆玻璃　　　密度板拓缝

艺术墙贴　　　壁纸　　　　　实木线条密排　　　壁纸

木质窗棂造型

Tips 贴士

小户型的电视墙宜选用白色

简简单单的白色涂料让人们感到十分熟悉，它和谐、统一，同时又混合了优雅、高贵，给人以舒适温暖的感觉。白色可以与任何颜色相搭配，每一种组合的效果和基调又各不相同，与浅色搭配，精致而浪漫；与原色相配，明亮而热烈。因为白色具有强烈放射光线的能力，可以扩大任何现存的光线，它可以使一个房间看上去更明亮。

实木装饰立柱　　　彩色乳胶漆

壁纸

茶色玻璃　　　壁纸

石膏线条造型　　　彩色乳胶漆

密度板拓缝　　　壁纸

艺术墙贴　　　　　　　　　密度板拓缝

壁纸　　　　木质搁板

艺术玻璃　　　　　铂金壁纸

木质格栅　　　　文化砖贴面

木质搁板　　　　壁纸

艺术镜面　　　　　　　　壁纸

艺术墙贴　　　　　　　　装饰镜面

桦木饰面板　　　　　　　茶色玻璃

实木造型混漆　　　　　　艺术墙贴

成品装饰珠帘　　　　　　　　艺术玻璃　　　　　　　　石膏板背景

艺术玻璃

电视背景墙施工要考虑的因素

1. 考虑地砖的厚度：造型墙面在施工的时候，应该把地砖的厚度、踢脚线的高度考虑进去，使各个造型协调，如果没有设计踢脚线，面板、石膏板的安装应该在地砖施工后，以防受潮。

2. 考虑灯光的呼应：电视墙一般与顶面的局部吊顶相呼应，吊顶上一般都有灯，所以要考虑墙面造型与灯光相呼应，还要考虑不要用强光照射电视机，避免观看时眼睛疲劳。

3. 考虑沙发的位置：沙发位置确定后，再确定电视机的位置，由电视机的大小再确定电视墙的造型。

4. 考虑客厅的宽度：人眼睛距离电视机的最佳距离的是电视机对角线的3.5倍，因此不要把电视墙做得太厚，白白浪费宝贵的面积，甚至会导致人与电视的距离过近。

5. 考虑空调插座的位置：有的房型空调插座正好处于电视背景墙的这面墙上，这样，木工做电视墙时，要注意不要把空调插座封到背景墙的里面，需要先把插座挪出来。

胡桃木饰面　　　　铂金壁纸

木质搁板　　　　壁纸

亚克力背景　　　白色乳胶漆

木质搁板

木质搁板　　　　黑烤漆玻璃

装饰画　　　　壁纸

文化砖贴面

壁纸

石膏板拼贴　　　　壁纸

壁纸　　　　木质窗棂造型

壁纸　　　　石膏板拓缝

反光灯带　　　　洞石

木质搁板　　白色乳胶漆

白色乳胶漆　　装饰画

壁纸　　艺术玻璃

彩色乳胶漆　　石膏板背景

石膏板背景

壁纸　　木质搁板

直纹斑马木饰面　　装饰镜面　　木质搁板

壁纸　　木质搁板

茶色玻璃　　　　　木质搁板

电视机要挂在承重墙上

在挂平板电视之前，应首先考察房屋的结构类型。墙面必须是实心砖、混凝土或与其强度等效的安装面。石膏板做的背景墙不适合挂电视，有脱落的隐患。一般开门窗较多的墙是非承重墙，在上面挂平板电视是不安全的。房间的纵墙是安全的，比如客厅里没有开门或开窗的完整墙面。

壁纸　　　　　茶色玻璃

艺术墙贴

彩色乳胶漆　　　　　木质格栅

木质搁板　　　　　　　　　　　石膏板背景　　　成品装饰珠帘

彩色乳胶漆　　　　　　石膏板背景

艺术墙贴　　　　　　　　木质搁板

石膏板拓缝　　　彩色乳胶漆

石膏板背景　　　　　　壁纸

红色烤漆玻璃　　　　　实木线条造型　　　　　　　彩色乳胶漆　　　木质搁板

桦木饰面板　　　　壁纸　　　　　　　　　　彩色乳胶漆

艺术墙贴　　　　　　　　　　石膏板背景　　　　壁纸

装饰镜面　　　　　壁纸　　　　　　　石膏板背景　　　　壁纸

壁纸　　　　　　　　　木质搁板　　　马赛克贴面

彩色乳胶漆　　　石膏板背景

壁纸　　　　　　　　　密度板拓缝

文化砖贴面　　　　　　　　艺术玻璃

石膏板背景　　　　　壁纸

干挂大理石　　壁纸

壁纸

电视墙要远离强磁场干扰

如果长期处于强磁场中，电视元件会被磁化以致影响电视正常工作。平板电视虽挂在墙上，但还是需要尽量远离周围的强电以及强电磁场物体的影响，比如电磁炉、微波炉等，特别是像无线电收音机这样的可以随意移动的电器，更应时刻注意与电视机保持距离。另外，一些大型家电产品，如电脑、电冰箱、空调等，也不要放置在电视机附近。最被忽视的是音响设备，一般会选择将其放在电视附近，但也不要过于贴近壁挂的平板电视，以免信号互相干扰，影响观看效果。

壁纸　　压白钢条

密度板拓缝　　艺术墙贴

茶色玻璃　　壁纸

壁纸　　石膏板背景

石膏板电视背景墙施工应注意的问题

　　纸面石膏板内墙装饰的方法有两种,一种是直接贴在墙上,另一种是在墙体上涂刷防潮剂,然后铺设龙骨(木龙骨或轻钢龙骨),将纸面石膏板镶钉或粘于龙骨上,最后进行板面修饰。电视背景墙在施工时应特别注意墙面上的不规则造型,要按照设计图纸进行绘制,弧度处理要自然。基层一般先用木质板做好造型,再在表面封上石膏板,石膏板之间应留出伸缩缝,在刷乳胶漆时要特别注意两种颜色的处理,应先刷好一种颜色,干后再刷另一种颜色,要特别注意成品的保护。在原墙面上处理好基层后刷乳胶漆,然后再做石膏板造型墙。石膏板对接时要自然靠近,不能强压就位,板的对缝要按1/2错开,墙两面的对缝不能落在同一根龙骨上,采用双层板时,第二层板的接缝不能与第一层板的接缝落在同一竖龙骨上。

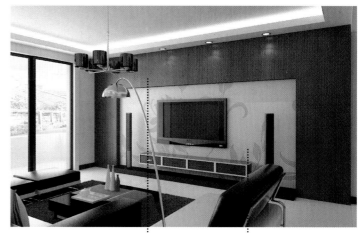

柚木饰面板　　　　壁纸

彩色乳胶漆

艺术墙贴　　　　木质搁板

彩色乳胶漆　　　　石膏板拓缝

聚酯玻璃　　　　木质窗棂造型

艺术墙贴

干挂大理石　　　　木质格栅

艺术墙贴

艺术墙贴　　　　马赛克贴面

石膏板背景　　　　　　　壁纸

装饰镜面　　　　　　　壁纸

茶色玻璃　　　　　　壁纸

木质搁板　　　石膏板拓缝

磨砂玻璃

柚木饰面板

壁纸 　　　文化石贴面

马赛克贴面 　　　壁纸

艺术玻璃

壁纸

胡桃木饰面板

密度板拓缝 　　　壁纸

石膏板背景　　　　　　壁纸

木质窗棂造型　　　　　壁纸

彩色乳胶漆

艺术墙贴

直纹斑马木饰面　　　石膏板背景

壁纸　　　　　　　　　　　木质窗棂造型

櫻桃木饰面板　　　　壁纸

白色乳胶漆

彩色乳胶漆　　　　　石膏板拓缝

彩色乳胶漆

装饰镜面　　　铂金壁纸

壁纸

大理石电视墙施工需注意的问题

1. 电视幕墙不会选用一大片完整的大板，一般是切成 80 厘米左右的板材拼组，这样在搬运和安装上比较不容易出现破损，也更安全。不过现在有些设计比较大胆独特的，也是有选择使用一整片超大规格的大理石大板来装饰的。

2. 大理石电视幕墙主要有三大类固定方式，固定在水泥、木板或是石材上。要注意不同的固定方式下钻孔方法也有所不同，同时电线预留的管路和位置要正确，螺丝孔洞预留要精确。

3. 石材表面加工方式有抛光、亚光、喷沙、斧剁、水冲、火烧等。早期石材装饰都是采用抛光或磨光的处理方式。容易出现反光问题，整体的视觉效果也易受到破坏。所以其实非光面石材的使用效果更佳。

4. 施工越细，费用自然也越高，所以施工方也要控制成本。可以根据要求决定是否做磨边、增加框架线板、表面防污处理、晶化处理、树脂无缝处理、雾面防光处理、背面透光处理、挖孔处理，是用专业背胶还是用普通水泥等。

木质搁板　　　装饰画

文化砖贴面

石膏板背景　　　　　壁纸

马赛克贴面　　　　艺术玻璃

石膏板背景　　彩色乳胶漆　　　　成品实木立柱　　　　彩色乳胶漆

黑烤漆玻璃　　　　　壁纸　　　　　洞石

成品装饰立柱　　　　艺术玻璃

黑烤漆玻璃　　　　柚木饰面板

壁纸

大理石贴面　　　　石膏板背景

茶色玻璃　　　　壁纸

壁纸　　　　实木造型混漆

茶色玻璃　　　　壁纸

壁纸

壁纸　　　　　　　　　　　　白色乳胶漆

木质窗棂造型　　　　壁纸

石膏板拓缝　　　　　　　　壁纸

木质搁板　　　　石膏板拓缝　　　　红樱桃木饰面

冰裂纹玻璃　　　　　　　　壁纸

壁纸

壁纸　　　　　　　　镜面

大理石电视墙的施工要点

铺设大理石饰面板时，应彻底清除基层灰渣和杂物，用水冲洗干净、晒干。结合层必须采用干硬砂浆，砂浆应拌匀，切忌用稀砂浆。铺砂浆湿润基层，水泥素浆刷匀后，随即铺结合层砂浆，结合层砂浆应拍实揉平。面板铺贴前，板块应浸湿、晒干，试铺后，再正式铺镶，定位后，将板块均匀轻击压实。

在验收时应着重注意大理石饰面铺贴是否平整牢固，接缝是否平直，无歪斜、是否有污渍和浆痕，表面是否洁净，颜色是否协调。此外，还应注意接缝有无高低偏差，板块有无空鼓。

木质搁板　　　　　壁纸

木质搁板　　　红色烤漆玻璃

石膏板背景　　　茶色玻璃

罗马柱　　　　　　壁纸

艺术墙贴　　　　彩色乳胶漆

大理石电视墙失光的处理方法

可以使用三合一石材养护剂来处理，清洗、养护、抛光一次完成，操作简单，效果较好，并且满足环保要求。

可以先用专业的石材清洗剂来清洗石材，在彻底干燥的情况下再用以下三种方式抛光处理：应用蜡基抛光液（浓缩产品），成本较低，也是目前应用较多的一种方式；应用抛光液10号，硬度较高，光亮效果好，耐水防污；硅酮基抛光液，这也是一种三合一产品，清洗、养护、抛光一次完成，省时省力。

彩色乳胶漆　　　　木质搁板

装饰画　　　　红砖饰面

装饰镜面　　　　壁纸

壁纸　　　　木质搁板

柚木饰面板　　　　樱桃木饰面板

石膏板拓缝　　　　　　　密度板拓缝

壁纸　　　　木质格栅

文化砖拼贴　　　木质搁板

彩色乳胶漆

彩色乳胶漆　　　木质搁板

木质搁板　　　　　　　壁纸

干挂大理石　　　　木质格栅

壁纸　　　　　　　茶色玻璃

壁纸

壁纸　　　　　彩色乳胶漆

茶色玻璃   密度板混漆

黑烤漆玻璃   石膏板拓缝

木质搁板   黑烤漆玻璃

石膏板背景   木质窗棂造型

石膏板背景

成品装饰珠帘

壁纸   胡桃木饰面板

干挂大理石   实木装饰立柱

石膏板拓缝　　　　　　　壁纸

干挂大理石

密度板拓缝　　　　　艺术墙贴

茶色玻璃　　　　　　石膏板拓缝

彩色乳胶漆　　　创意搁板

白色乳胶漆　　　　　壁纸

木质搁板　　　　　壁纸

壁纸

艺术墙贴

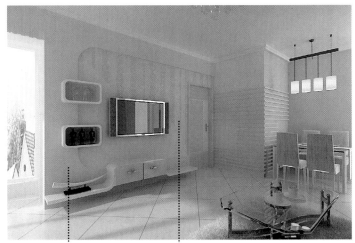

彩色乳胶漆　　　　壁纸

玻璃电视墙的施工要点

　　如果电视墙采用玻璃制作，并且还起到隔断的作用，那么最重要的一点是做到牢固不松动。由于容易被碰撞，因此首先应考虑其安全性，最好是采用安全玻璃，目前国内的安全玻璃为钢化玻璃和夹层玻璃。其次，用于电视墙的玻璃厚度应符合：钢化玻璃不小于 5 毫米，夹层玻璃不小于 6.38 毫米，对于无框玻璃，应使用厚度不小于 10 毫米的钢化玻璃。另外，玻璃底部与槽底空隙应用不少于两块 PVC 支承块支承，支承块长度不小于 10 毫米。

压白钢条　　　　　　　　　　壁纸

电视墙上开槽的注意问题

　　为埋藏暴露在外的管线，施工时须在墙壁和地面上开槽。但是一些工人在操作时野蛮施工，不清楚是否是承重墙就随意开槽，就有可能破坏建筑承重结构，降低房屋的抗震能力。墙面开槽前应先去物业了解一下承重墙的位置，然后确定所有管线的走向和位置，以便开槽时能准确定位。墙体开槽前，要先堵住所有的下水道口，以防墙体内石块、灰或水泥块进入下水道引起堵塞。另外，槽的深度基本上要比管线的直径（包括管线壁厚在内）多1.5厘米左右，即管线外侧离墙体有1.5厘米的距离，以确保封上水泥、墙砖或刷完墙漆后墙面不会开裂。

石膏板背景　　　　彩色乳胶漆

彩色乳胶漆　　　　石膏板背景

壁纸

彩色乳胶漆

木质搁板　　　石膏板拓缝

壁纸　　　　黑烤漆玻璃

柚木饰面板　　　　白色乳胶漆　　　　　　　　　茶色玻璃　　　　洞石

彩色乳胶漆　　　石膏板背景　　　　　　艺术玻璃　　　　干挂大理石

木质搁板　　　　　　　壁纸

白色乳胶漆　　　　木质搁板

壁纸　　　　石膏板拓缝

壁纸　　　　艺术镜面

石膏板背景

壁纸

壁纸　　　　　　创意搁板

贴士
Tips

电视墙的布线方法

　　有线电视的视频线及影碟机的信号线都有屏蔽层，两种线挨在一起也不会有干扰的。所以，它们统称弱电。装修时，一般弱电的各种线可以共用一根线管。有线电视的信号线称视频信号线，也叫闭路线，要配用接线盒。影碟机的信号线根据使用方式的不同有几种线连接，有 S 端子线、分量线等。这些线都有相应的接线盒（带端头）。在布线方面，这几种线都可以在一根线管中。目前，液晶电视机背部与影碟机、功放机等连接时，为了整洁，可用一根约有 50 毫米直径的 PVC 管预先埋入墙内，这管子的一头在电视机背后，另一头在电视柜背后。接线时，在墙面上看不到各种信号线。

石膏板背景　　　　　彩色乳胶漆

干挂大理石　　　　　壁纸

石膏板背景　　　　　艺术玻璃

石膏板背景　　　　　壁纸

彩色乳胶漆　　　　　艺术墙贴

艺术墙贴　　　铂金壁纸

艺术玻璃　　　壁纸

壁纸

洞石

木质搁板　　　石膏板背景

设计电视墙可以选用的材质

1. 木质材料：将木质饰面板用作电视背景墙的人越来越多，由于它花样种类繁多，价钱经济实惠，不易与居室内其他木质材料发生抵触，可更好地搭配构成一致的装修风格，清洁起来也十分方便。

2. 天然石材：电视背景墙作为表现客厅风格的重要元素之一，选用具有自然纹理的石材，可取得返璞归真、安静惬意的田园效果。天然文明石是种新型资料，用自然石头加工而成，颜色自然，更有隔音、阻燃等特点，十分适宜做电视背景墙。

3. 玻璃、金属：采用玻璃与金属材料做电视背景墙，能给居室带来很强的现代感，所以它也是人们常用的背景墙材料，虽然其成本相对不是很高，不过施工难度较高。也有些消费者爱用烤漆玻璃做背景墙，对于光线不太好的房间还有增强采光的作用。

4. 墙纸、壁布：最近几年，无论是墙纸还是壁布，加工工艺都有很大提高，更注重环保，而且还有很强的遮盖力。用它们做电视背景墙，能起到很好的装饰效果，而且施工简易，改换起来十分方便。

5. 油漆、艺术喷涂：在电视背景墙上，采用不同的颜色的油漆构成对比，可以打破客厅墙面的单调，经济实惠，而且可以自己完成。采用艺术喷涂做背景墙会给人的很强的视觉冲击。

壁纸　　　　　　　　　石膏板背景

铂金壁纸　　　　　　　密度板拓缝

石膏板背景

壁纸　　　　柚木饰面板

壁纸　　　　　　　　石膏板背景

彩色乳胶漆

壁纸　　　　　　　石膏板拓缝

壁纸　　　　　胡桃木饰面

茶色玻璃　　　　　　壁纸

壁纸

釉面砖贴面   **石膏板背景**

电视墙饰面石材的选购要点

1. 观察石材的表面结构。均匀的细料结构石材具有细腻的质感，粗粒及不等粒结构的石材其外观效果较差。此外，天然石材中由于地质作用的影响，其中会存在一些细微裂隙，石材最易沿这些部位发生破裂，应注意剔除。

2. 量石材的尺寸规格。为了不影响拼接效果以及避免造成拼接后的图案、花纹、线条变形，影响装饰效果，在选购石材时，应特别注意对石材的尺寸规格进行测量。

3. 听石材的敲击声音。一般来说，质量好的石材内部致密均匀，无显微裂隙的优质石材，其敲击声清脆悦耳；内部存在显微裂隙或细脉以及因风化导致颗粒间接触变松的劣质石材，其敲击声粗哑。

4. 在石材的背面滴一小滴墨水，若墨水很快就四处分散，则表明石材内部颗粒较松或存在显微裂隙，石材的质量不好；反之，若墨水滴在原处不动，则说明石材致密，质地好。

石膏板背景   **壁纸**

木质搁板   **黑烤漆玻璃**

彩色乳胶漆   **白色乳胶漆**

壁纸   **石膏板背景**

彩色乳胶漆　　　　　　　石膏板拼贴

壁纸　　　　　　艺术墙贴

柚木饰面板

石膏板背景　　　　　　壁纸

石膏板背景　　　　　　壁纸

壁纸 　　　　　　　白色乳胶漆

艺术玻璃的选购要点

目前市场上销售的艺术玻璃从工艺上大致分为彩绘玻璃和彩雕玻璃两种，加工手法上分为热熔、压铸、冷加工后粘贴等类型。如果艺术玻璃产品采用粘贴的工艺技法，一定要关注粘贴时所采用的胶水和施胶度，鉴别的方法是看粘贴面是否光亮，用胶面积是否饱满。在选购时还要观察玻璃的内部是否有生产时残留的污渍、水渍和黑点。艺术玻璃的价格与材质、艺术性及厚度有关，价格相差很大。玻璃厚度一般分为10毫米以下、10～15毫米、15毫米以上三种，在相同的情况下比较，第二种比第一种贵30～50元／平方米，第三种要比第二种贵50～80元／平方米。

壁纸 　　　　　　　石膏板背景

黑烤漆玻璃

密度板混漆 　　　　　　创意搁板

实木窗棂混漆 　　　　　聚酯玻璃

壁纸

木质窗棂造型 石膏板拓缝

柚木饰面板

黑烤漆玻璃

装饰画

彩色乳胶漆 壁纸

柚木饰面板   石膏板背景

壁纸   白色乳胶漆   彩色乳胶漆   艺术墙贴

壁纸   创意搁板

木质搁板   壁纸

壁纸　　　　　　　　　　　反光灯带

黑白根大理石　　　　干挂大理石

石膏板拓缝　　　　　　　壁纸

密度板拼贴　　　　石膏板拓缝

茶色玻璃　　　　　壁纸

艺术墙贴　石膏板背景

壁纸　　　　　　　　　　　　　装饰镜面

木质窗棂造型　　　　　　壁纸

壁纸　　　　　　　　　　　石膏板背景

石膏板背景　　　　　　彩色乳胶漆　　木质搁板

壁纸　　　　　　　石膏板背景

石膏板背景　　　　　　壁纸

装饰石膏板的选购要点

种类选择：根据板材正面形状和防潮性能的不同，装饰石膏板可分为普通板和防潮板两类。普通装饰石膏板用于客厅、卧室等空气湿度小的地方，防潮装饰石膏板则可以用于厨房、卫生间等空气湿度大的地方。

标志：包装箱上应印有产品的名称、商标、质量等级、制造厂名、生产日期以及防潮和产品标记等标志。购买时应重点查看质量等级标志。装饰石膏板的尺寸偏差过大及直角偏离度过大会使拼装后装饰表面的拼缝不整齐；表面不平度过大，则会使整个表面凹凸不平，所以尺寸偏差、直角偏离度和不平度对装饰石膏板的装饰表面影响很大。

外观质量：装饰石膏板正面不应有影响装饰效果的气孔、污痕、裂纹、缺角、色彩不均匀和图案不完整等缺陷。外观检查时应在 0.5 米远处光照明亮的条件下，对板材正面进行目测检查。

木质搁板　　　　　　　壁纸

石膏板背景　　　　　　艺术墙贴

石膏板背景　　　　　　壁纸

密度板拓缝　　　　　　彩色乳胶漆